소란한 속삭임

예소연

위즈덤하우스

차례

모아는 회사에 있는 아홉 시간보다 퇴근 후 지하철에 타 있는 한 시간이 더 싫었다. 낯선 사람들의 겨드랑이 사이에 낀 채로 내릴 사람과 탈 사람의 눈치를 보며 필사적으로 내 자리를 사수해내는 그 시간이. 천장을 향해 고개를 삐죽 내밀고 있다 보면 숨도 잘 안 쉬어지는 것 같았고 무엇보다 손을 어디에 두어야 할지 몰라 난감했다. 하필이면 바로 앞에 서 있는 아저씨는 정치 선전물 같기도 한 동영상을 이어폰도 없이 큰 소리로 틀어놓고

있었다. 동영상에서는 얼핏 태극기와 성조기가 동시에 휘날리고 있었다. 건드리면 안 되는 사람인 것 같군. 그런 생각을 하며 모아는 손을 꼼지락거려 주머니에서 이어폰을 꺼내 양쪽 귀에 꼈다. 그리고 제일 좋아하는 조성진의 피아노 연주곡을 튼 뒤 음량을 최대한으로 키우려던 찰나. 어떤 여자가 그 아저씨의 어깨를 툭툭 쳤다.

"아저씨. 여기 지하철이에요."

"그런데요?"

"시끄럽다고요."

"그럼 시끄러운 사람이 나가요."

"아저씨가 나가야죠. 여기 사람들 다 시끄럽다고 생각할걸요?"

"누가요? 도대체 누가!"

아저씨가 주변을 둘러보더니 여자에게 삿대질하며 목에 핏대를 세웠다. 여자는

그런 아저씨를 노려보나가 이번엔 검지로
모아의 어깨를 톡톡 쳤다. 모아는 필사적으로
모른 척하고 싶었지만 계속 자신의 어깨를
톡톡 쳐대는 여자의 성화에 못 이겨 오른쪽
이어폰을 뺀 뒤 아무것도 모른다는 듯 눈을
크게 떴다.

"네?"

"시끄럽잖아요."

순간 모아에게 쏠리는 시선이 느껴졌다.
얼굴이 달아오르면서 순식간에 두피에서
땀이 솟을 만큼 더워졌다. 그렇지만 모아를
바라보는 여자의 시선이 너무 정직해서 그
눈빛을 도저히 무시할 수가 없었다. 게다가
아저씨가 신경 쓰인 건 사실이지 않은가.
아저씨가 보고 있는 동영상은 아직까지도 큰
소리로 재생되고 있었다. 결국 모아는 저도
모르게 크게 외치고 말았다.

"너무 시끄러워 미치겠어요."

그러자 잠시 침묵이 흐르더니 여기저기서 아저씨를 향한 비난이 터져 나왔다. 아이 참, 아저씨. 조용히 좀 갑시다. 지금 뭐 하는 거예요? 지하철 혼자 타는 것도 아니고. 이어폰을 사든가……. 아저씨는 결국 에이 씨발, 짧게 욕을 내뱉더니 다음 역에서 거칠게 사람들을 헤치며 나가버렸다. 그 순간 모아와 여자의 눈이 마주쳤고 여자는 살짝 웃어 보였다. 모아는 어색하게 고개를 끄덕이며 인사했고 황급히 눈을 내리깔았다.

하차도 간신히 했는데 옆을 보니 그 여자도 함께였다. 여자는 꼭 지하철이 뱉어낸 것처럼 팅기듯 내렸고 모아 자신도 꼴이 별반 다를 것 같지 않아 조금 슬퍼졌다. 에스컬레이터에 올랐을 때 자리가 많은데도 불구하고 모아의 뒤에 바짝 붙어 타는 것이

조금 불안하게 느껴지던 차에 어자가 말을
걸어왔다.

"여기 사나 봐요."

"네."

"아까 고마웠어요."

"뭘요."

모아는 건조하게 대답하며
에스컬레이터에서 내려 빠르게 걸어갔다.
그러자 여자가 헐레벌떡 모아를 앞지르더니
마주 보고 섰다. 당황한 모아가 여자를
바라보자 여자는 뭔가 단단히 결심한 얼굴로
모아에게 손을 내밀었다.

"당신 자격이 있어요."

"네?"

"모임에 들어올 자격이 있다고요."

"됐어요."

별 이상한 사람 다 보겠네. 모아는 그렇게

생각하며 여자를 지나치려 했는데 여자가 한 번 더 모아의 앞길을 막아섰다.

"후회 안 할 거예요. 이 모임에 들어오면 모든 게 달라질 거예요."

그렇게 말하는 여자가 의심스럽기도 했지만 너무 확신에 차 있어서 모아는 당황스러운 동시에 궁금했다.

"뭔데요? 그 모임이."

"제 얘기 들어보실래요? 문화상품권 드릴게요."

한참 가방을 뒤적여 꼬깃한 봉투를 찾아낸 여자는 그 안에서 만 원짜리 문화상품권 세 장을 꺼냈다. 모아는 과연…… 마음이 동했다. 안 그래도 이야기나 들어보고 싶던 찰나 문화상품권까지 준다니 낭패는 아닐 거라는 생각이 들었다.

"어디서요?"

"안전한 곳에서요. 그러니까 너무 걱정 마요."

"문화상품권 때문은 아니에요."

"알아요."

새침하게 말하는 모아에게 더 새침한 대답으로 응수한 여자는 앞서 개찰구를 빠져나갔다. 개찰구를 사이에 두고 모아는 그제야 여자의 모습을 자세히 들여다보았다. 젊게 봐도 40대 후반 정도로, 무채색의 상하의만 고집해서 갖춰 입은 모습이 묘하게 힘없어 보이는 행색이었다. 모아는 자신에게 아저씨를 가리키며 시끄럽지 않느냐고 묻던 여자의 패기를 떠올렸다. 이어서 이 여자가 보기와는 다르게 엄청난 깡다구를 가진 사람일 거라는 생각이 들었다.

❖

여자의 이름은 시내. 실내에 들어가 차를
마시며 얘기할 줄 알았는데 편의점에서
대뜸 맥주를 사더니 공원으로 가는 사람.
모아와 시내는 벤치에 앉아 한동안 아무
말도 없이 맥주를 홀짝였다. 모아는 누군가와
함께 마시는 맥주가 참으로 오랜만이라고
생각했다. 시내는 다리를 쭉 뻗어 발을 꼰
상태에서 상체를 앞으로 숙이고 눈을 감았다.
도대체 뭐 하자는 거지? 생각할 무렵 어떻게
알았는지 시내가 말했다.

"듣고 있는 거예요."

"뭘요?"

"공원이 속삭이는 소리요."

모아는 시내가 무슨 말을 하는지 몰라
어리둥절 바라보다가 주변을 둘러봤다.

바람이 살짝 불었고 그 바람에 나뭇잎이 나부꼈다. 슥삭슥삭. 그런 소리가 나는 것 같기도 했다. 아무래도…… 사이비겠지? 하는 생각이 들어 그만 일어나려는데 또 시내가 어떻게 알았는지 입을 열었다.

"모임은 단출해요."

"몇 명인데요?"

"당신이랑 나요."

"에?"

"아직은요. 몇 번 거절당했어요."

시내의 말은 이랬다. 우리의 모임은 속삭이는 모임. 그러니까 말 그대로 서로에게 서로의 이야기를 속삭이는 것이 이 모임의 중요한 임무였다. 모아는 "그래서…… 뭘 속삭이라고요?"라며 몇 번이나 물어봤지만 시내는 그런 것에 대답조차 하지 않고 자신이 나름대로 정한 규칙에 대해서만

이야기해주었다.

"비밀을 속삭이진 않으나 그것이 마치 큰 비밀이라도 되는 양 속삭여야 돼요."

모아는 더 이상 설명을 듣는 것을 포기하고 맥주를 홀짝였다. 시내는 누가 들을세라 아주 은밀하게 규칙에 대해서 이야기하고는 금세 의기양양해졌다. 아무래도 (방금 만들어낸 것 같은) 그 규칙이 몹시 마음에 들었던 것 같다. 그렇게 시내는 맥주를 잠시 내려놓고 한 손바닥을 입가에 댄 뒤 모아를 바라보았다. 꼭 이미 준비가 된 사람처럼. 모아가 눈을 크게 뜨고 지금이요? 하는 식의 표정을 짓자 시내는 아랑곳하지 않고 몸을 기울여 모아의 귓가에 정말로 속삭였다.

"제게는 아이가 있어요."

"큰 비밀 아니에요?"

"아닌데요."

"아…… 숨겨진 아이 아니고요?"

"아니요. 그냥 아인데요."

"좋겠어요."

"글쎄요. 지금은 남편이랑 살아요."

그렇게 말한 뒤 시내는 얼른 모아의 얼굴 근처에 자신의 귀를 가져다 댔다. 모아는 이렇다 할 이야깃거리가 생각나지 않아 난처했지만 어떻게든 해보기로 했다. 누군가에게 귓속말을 해보는 것도 정말 오랜만이었다. 어쩐지 가슴이 간질거렸다. 손을 세우고 입을 가린 뒤(이건 정말이지 어쩔 수 없는 의식과도 같았다) 시내에게 속삭였다.

"저는 호박을 싫어하지만 아무도 그걸 몰라요."

"왜 아무도 몰라요?"

"그냥 먹으니까요."

"싫어한다고 말 안 해요?"

"안 해요."

"왜요?"

"싫어한다고 말하는 게 더 싫어서요."

속닥속닥. 모아와 시내는 아무도 없는 드넓은 공원에서 서로에게 비밀이 아닌 것들을 속삭였다. 모아는 어쩐지 자신과 시내가 아주 중요한 대화를 하고 있는 듯한 기분에 빠졌는데 그 느낌이 퍽 좋았다. 자신이 한 말과 시내가 한 말이 아주 중요하고 소중해진 것만 같은 그런 기분. 모아가 그런 기분을 시내에게 털어놓자 시내는 자랑스럽게 자신의 두 번째 규칙을 일러주었다.

"중요하지 않아도 속삭임으로써 중요해져요. 그러니까 우리 사이에 허투루 하는 말은 없는 거죠."

솔직히 시내가 말하는 규칙은 다소 황당했고 애들 장난에 불과해 보이기도

했으나 낯선 이와 속삭이는 이 일련의
과정들이 그다지 나쁘지 않았다는 걸 모아는
인정할 수밖에 없었다. 그러니까…… 더
속삭이고 싶었다. 그리고 시내의 속삭임을
듣고 싶었다. 꼭 비밀 놀이를 하는 아이가 된
기분이랄까. 이 또한 시내의 계략에 빠져든
것일 수도 있었다. 시내는 모아에게 새침하게
물었다.

"어때요. 모임의 일원이 되실 생각은?"

모아는 조금 고민하다가 대답했다.

"있어요."

"그럴 줄 알았어요. 그럼 우리에게는
미션이 있어요."

"미션?"

"내일 오후 2시 명동역 4번 출구에서
만나요."

시내는 그렇게 말하고 빈 캔을

찌그러트린 뒤에 자리에서 일어났다. 모아는 "더 속삭이지 않고요?"라고 묻고 싶은 걸 간신히 참아내고서 앉은 자리에서 손을 흔들어 인사했다. 그러자 시내도 손을 흔들어 인사했다. 단발머리를 한 시내가 모아의 시야에서 점점 사라졌다. 모아가 다시 온전한 침묵이 돌아왔다고 생각했을 때, 마침 바람이 불었고 그제야 모아는 공원이 정말 속삭이고 있다는 것을 알아차렸다.

4번 출구 앞에 서 있는 시내는 여전히 무채색 차림이었고 한 손에는 각종 전단지 몇 장을 들고 있었다. 의외로 거절을 못하는 사람인가 보군. 모아는 그렇게 생각하며 선캡을 쓴 아주머니가 내미는 헬스장 홍보

전단을 기어고 받지 않았다. 시내는 모아에게
간단히 인사한 뒤 인파를 뚫고 앞서 걸었다.
예술극장을 지나 성당까지 둘러본 다음
우리의 일원이 될 사람을 결정할 거라고 했다.

"일원이요?"

"여기 시끄러운 사람들이 특히나
많잖아요."

"그런데요?"

"자기주장을 어떻게든 큰 소리로
전파하려는 사람들로 가득 차 있다고요."

"그렇죠."

"그런 건 정말이지 견딜 수가 없어요."

"저도요."

"그 사람들 중 한 명을 속삭이는 사람으로
만드는 게 오늘의 미션이에요. 부담스러우면
모아 씨는 지켜만 보세요."

시내는 그렇게 말하고 또 앞서서 빠르게

걸어갔다. 모아는 이게 맞나, 싶으면서도
시내가 도대체 어떻게 할 요량인지 궁금했다.
시내는 한참 걷더니 온갖 길거리 음식을 파는
골목의 사거리에 멈춰 누군가를 주시했다. 한
중년 남성이 마이크를 집어 먹을 듯이 입가에
붙인 채 소리를 지르고 있었다.

"1000년 이내 지구는 멸망합니다. 정부는
대체 지구를 마련하라!"

아직 1000년이나 남았는데도 불구하고
몹시 간절해 보이는 남자를 빤히 바라보던
시내는 남자에게 주저 없이 돌진했다. 모아는
그런 시내를 따라가느라 헐떡이며 뛰었는데
이미 시내는 남자에게 무언가를 속삭이고
있었다. 속닥속닥.

"뭐라고요?"

남자가 인상을 찌푸리며 시내에게 귀를
더 바싹 가져다 댔다. 모아는 무슨 말을

하는지 듣고 싶이 염치 불고하고 그들의 머리 사이에 끼어 귀를 갖다 댔다. 그러자 희미하게나마 시내의 목소리가 들렸다.

"조용히 말하면 더 그럴싸하다고요."

"그럼 누가 들어준다고."

"비밀같이 말해보세요."

남자는 망설이더니 이윽고 마이크에서 입을 뗀 뒤 시내에게 속삭였다.

"1000년 이내 지구가 멸망해요."

"정말요?"

"우리는 대체 지구를 찾아야 해요."

"하지만 1000년은 아주 긴 시간인데요."

"우주의 기준으로 따지자면 아주 짧은 시간에 불과하죠."

"당신은 왜 그렇게 대체 지구를 찾는 데 열성적인 거죠?"

"저에게는 제 죽음보다 인류의 죽음이 더

절망적이거든요. 그런데 뒤에 있는 분은 누구죠?"

"우리는 속삭이는 모임 회원들이에요."

"그런 모임도 있나요?"

"네. 들어오시겠어요? 당신에게 이 모임이
도움이 될 것 같아요."

남자는 조금 고민하더니 고개를 저었다.
자신은 대체 지구를 찾는 일에 더욱 집중해야
될 것 같다고 했다. 그러더니 시내와 모아에게
자신의 말을 이렇게 집중해서 들어준 사람은
처음이라며 전단지와 함께 홍삼 젤리 두
개씩을 쥐여 주었다.

모아는 어쩐지 그들의 대화를 듣고 난 뒤
자신감이 생겼다. 정말이지 속삭임에는 어떤
강력한 힘이 존재하는 것 같았다. 누군가를
설득하고 부드럽게 타이를 수 있는 힘. 그리고
사람의 마음을 말랑말랑하게 할 수 있는 힘
같은 것. 모아는 화하고 달콤한 홍삼 젤리의

맛을 오랫동안 음미하며 생각했다. 그 힘을 사용해보고 싶다.

성당으로 가는 길목 즈음에 50대로 보이는 여자 한 명이 피켓을 가방처럼 멘 채로 이상한 주문을 외고 있었다. 예수천국 불신지옥 심판의 날이 다가왔습니다. 당신은 믿지 않으면 죽게 될 것입니다. 죽어서 지옥에 가게 될 것입니다. 천국으로 가는 길은 단 하나입니다. 모아는 시내에게 고개를 끄덕여 보이고는 여자에게 다가갔다. 시내는 따라오지 않았다.

여자는 자신의 앞에 선 모아를 가만 바라보더니 또다시 주문을 외기 시작했다. 모아가 들으라는 듯 좀 더 큰 목소리로. 모아는 여자에게 가까이 다가갔다. 그러자 여자가 한 발짝 뒤로 물러섰다. 이상한 긴장 상태가 유지되었다. 여자는 더 이상 주문을

외지 않았다. 짧은 침묵이 흐르고 여자가
날카롭게 모아에게 물었다.

　"뭐요."

　"하고 싶은 말이 있어서요."

　"하세요."

　"조금 가까이서 하고 싶은데."

　"왜요."

　"속삭이는 모임에 들어오실래요?"

　"그게 뭐죠?"

　팽팽한 신경전. 하는 수 없이 모아는
필살기를 쓰기로 했다. 손바닥을 세워 입가에
갖다 대고 몸을 숙였다. 꼭 아주 중요한
말을 하려는 사람처럼. 그러자 여자도 잠시
망설이다가 몸을 조금 앞으로 숙였다. 역시.
신중하게 말하려는 자세를 취하는 사람
앞에서는 들으려는 자세로 응수하게 된다.

　"속삭이면 시원해져요."

"지금 그럴 때 아니에요. 별 이상한 사람 다 보겠네."

"저는 청약이 당첨됐는데 잔금을 치르지 못해서 아파트를 날린 적이 있어요."

"저런."

여자의 목소리가 갑자기 줄어들었다.

"저 딱하죠."

"어쩌다 그렇게 됐대."

"신용이 좋지 않아서 대출이 잘 안 나왔어요. 다 제 탓이죠. 어쩔 수 없다고 생각했는데 그때 이후로 자꾸 잠이 안 오고 인생의 중요한 기회를 날린 것만 같다는 생각을 지울 수가 없더라고요."

"다 그렇죠. 나도 문정에 땅만 안 팔았어도. 그린벨트 해제가 웬 말이냐고요."

"신문 자주 보시나 봐요."

"그럼. 세상이 하도 어질어질하니까 내가 여기 나와 있는 거예요. 뭐라도 해야겠다 싶어서.

방구석에 앉아서 댓글만 쓰면 뭐 하냐고요."

여자는 그렇게 말하더니 한숨을 푹 쉬고 모아를 곁눈질하며 시원하긴 하네, 했다. 그러더니 모아에게 물었다.

"어떻게 하는 건데요. 그 모임."

모아가 뒤에 서 있던 시내를 바라보며 손짓했다. 그러자 시내가 얼른 여자에게 다가와 단호한 표정으로 말했다.

"속삭이는 모임 규칙 세 번째. 속삭임으로써 우리는 세상의 전부가 된다는 걸 명심해야 한다. 속삭이는 동안에 예수에 대한 이야기는 일절 하시면 안 돼요."

"중요한 얘긴데."

"다른 이야기도 중요해요."

여자는 단호한 시내를 가만 바라보았다. 조금 망설이는 것 같더니 어느새 피켓을 내려놓고 말했다.

"알겠어요."

"그럼 오늘 저녁 7시 고척근린공원에서
만나요."

고개를 천천히 끄덕인 여자는 왜인지 더
이상 내려놓은 피켓을 메지 않고 가만히 서
있었다. 모아와 시내가 그곳을 떠날 때까지.
주변을 두리번거리는 것 같기도 했고 하늘을
보는 것 같기도 했다.

❖

여자의 이름은 수자. 가만히 앉아
대화하는 건 도무지 생산적이지 못하다고
운동장에서 경보하며 빨리 말하라고 재촉하는
사람. 모아와 시내는 도무지 수자의 빠른
걸음을 따라갈 수 없었다. 수자는 어쩔 수
없다는 듯 걸음을 늦춰주었고 그제야 시내는

호흡을 가다듬으며 툴툴댔다.

"나무도 울창하고 조경도 잘된 넓은 공원에서 웬 운동장이에요."

"아직 기운이 남았나 보네."

분홍색 바람막이를 입은 수자가 다시 빠른 걸음으로 먼저 가려던 찰나 모아가 서둘러 팔뚝을 붙잡고 말했다.

"속삭이기 위해서는 조금 침착해야 해요."

그러자 수자가 잠시 침묵하더니 그건 그렇네, 중얼거리며 속도를 확실히 줄였다. 그제야 모아와 시내, 수자는 대화를 나눌 수 있을 정도의 알맞은 속도를 유지하며 서로가 서로의 보폭에 맞춰 걸었다. 아무 말도 하지 않고 두 바퀴쯤 돌았을 때 수자는 더 이상 못 참겠다는 듯 자리에 우뚝 섰다. 하필 우뚝 선 곳은 골대 바로 뒤였고 덕분에 야간 조명이 수자를 환하게 비추었다. 수자는 꼭 드라마의

주인공처럼 보였고 정말로 주인공이 된 것처럼 말했다.

"이럴 거면 다 관둬."

시내는 모아의 팔짱을 낀 채로 수자에게 다가갔다. 수자는 물러서지 않았다. 그들이 또다시 속삭임을 감행할 것임을 알았기 때문이었다. 시내와 모아는 수자에게 바짝 다가섰고 그들은 머리를 맞댄 아주 수상한 모양새가 되었다. 시내는 속삭이는 모임과 관련한 첫 번째 규칙에 대해 말했다.

"비밀을 속삭이진 않으나 그것이 마치 큰 비밀이라도 되는 양 속삭여야 돼요."

"그게 뭐야?"

수자가 불신 가득한 눈으로 시내를 바라보자 시내가 손바닥을 세워 입가에 갖다 대었다. 모아는 아뿔싸, 이러면 별 도리가 없지, 하며 고개를 숙이고 주의 집중하여

시내의 말을 기다렸다. 수자도 귀를 기울였다.

"저는 슬퍼요."

"왜요?"

"분명히 이유를 알고 있었는데 언젠가부터 이유를 잃어버리고 슬픔만 남았어요."

모아가 시내의 말에 고개를 끄덕거리며 부드럽게 속삭였다.

"저는 반대예요. 슬픔은 잃어버리고 이유만 남았어요."

"그럼 어떻게 된 거예요?"

"자꾸 이유들만 머리에 남아서 악에 받쳐요."

속닥속닥. 모아와 시내가 서로의 슬픔과 이유에 대해 속삭이는 동안 수자는 그 이야기를 잠자코 듣고만 있었다. 그러다가 작게 헛기침을 하고 목을 가다듬은 다음 손바닥을 입가에 갖다 대었다.

"예수님을 믿고 나서……."

"금지."

"알았어요. 나는 오카리나를 잘 불어요."

"정말요?"

"한때는 그걸로 먹고살았어요."

"지금은요?"

"그냥 여기저기서 세 받고 살아요. 많이는 아니고. 조금."

마지막 말에 모아와 시내가 맞댄 머리를 떼고 배신감 어린 눈초리로 수자를 쳐다보았다. 그러자 수자가 주변을 두리번거리며 중얼거리듯 말했다. 자판기 없나. 음료수 내가 쏠게요. 결국 그들은 자판기를 찾아 나섰다. 수자는 경보할 때뿐만이 아니라 평소 걸음걸이도 빠른 편에 속했다. 수자는 벌써 자판기 앞에 가서 음료수를 뽑고 있었다. 데자와 세 캔. 모아는 헉헉거리며 수자에게 다가가 데자와 한 캔을

받아 들며 물었다.

"어때요?"

"뭐가요?"

"시원하죠?"

"나름?"

"그렇다면 모임의 일원이 되실 생각은?"

"조건부 입회 희망해요."

"조건부?"

뒤늦게 자판기 앞에 도착한 시내가
깜짝 놀라 되물었다. 수자의 요지는 이랬다.
속삭이는 일은 기분 좋고 참 다정한 일이지만
사람이 매일 속삭이고만 살 수는 없는
노릇이라고. 그러면 속에 천불이 일 때도 있는
법이라고. 그러자 시내가 금세 불퉁한 얼굴이
되었다. 하지만 수자는 아랑곳하지 않았다.
여전히 목소리 큰 사람이 이기는 세상이라고.
모아와 시내에게 너무 주눅 들어 있는 것도

좋지 않다며 조언까지 해주이다.

"그러면 어쩌자고요."

"시끄럽게 구는 훈련도 하자고요."

"그건 말도 안 돼요."

시내가 학을 떼며 말했다. 시내의 입장도 일리가 있었다. 세상이 끔찍하게 시끄러워서 속삭이는 모임을 만들었는데 시끄럽게 구는 훈련을 한다는 건 말도 안 된다는 것이었다. 그러면서 시내는 소음을 만드는 사람들을 증오한다고 진심을 담아 고백했다. 현재 살고 있는 아파트 위층에 유명하지 않은 뮤지션이 사는데 그 사람이 만들어낸 소음으로 인해 고통을 받은 지 어언 4년이 다 되어간다고 했다.

물론 모아는 시내의 입장도 이해가 갔지만 수자의 의견도 맞는 말이라고 생각했다. 속삭이는 법을 배웠으면 시끄럽게

구는 법도 배울 만하다는 생각이 들었다.
그래서 모아는 목을 가다듬고 시내에게
조심스레 속삭였다.

"시내 씨."

"네?"

"소음은 또 다른 소음으로 상쇄되기도 해요."

"거짓말."

"진짜로. 어쩌면 속삭이는 모임에 정말 필요한
걸지도 몰라요."

"그럼 어떻게 하는 건데요."

"네?"

"시끄럽게 구는 거."

그런 것까지 미처 생각해보지 못한
모아는 수자를 바라보았다. 수자는 그럴
줄 알았다는 듯 두 팔로 모아와 시내의
어깨를 감쌌다. 모아는 제발 수자가 생각한
게 명동에서 예수 사랑을 외치는 것만은

아니기를 바랐다. 나헹히 수자는 내일 저녁 8시 샛강역 1번 출구 앞 자전거 대여소에서 만나자고 했다. 아직까지 분이 풀리지 않은 시내가 낮에는 뭐 하고요? 새침하게 물었지만 수자는 사람 좋게 웃으며 하던 거 해야지, 예수 사랑! 하고 대답할 뿐이었다.

❖

아프다는 핑계로 연차를 내고 회사를 나가지 않은 모아는 종일 침대에 누워 꼼짝도 하지 않았다. 5년 동안 지금 일하고 있는 가구 매장에서 쭉 회계 업무를 보았고 직원은 달랑 모아 한 명뿐이었다. 사장은 모아의 고모부였는데 고모부는 틈만 나면 몇 년 전 연락이 끊긴 아빠의 행방에 대해 아는 바가 있느냐고 꼬치꼬치 캐물었다.

알 리가 없었다. 모아가 갑상선암 진단을 받았을 때 나온 진단금 1000만 원도 가져가버린 아빠였다. 평생 꽁꽁 숨어 누구한테도 들키지 않고 혼자서 잘 먹고 잘살 생각일 테지. 모아는 그렇게 생각하며 듣는 사람이 아무도 없는 방 안에서 조용히 속삭였다.

"아빠, 좆 까라."

무슨 말이든 속삭이게 되면 그것은 정말이지 있을 법하고 귀중하고 허투루 들어선 안 될 말인 것처럼 느껴지게 되었다. 모아는 분명 이전에도 속삭이는 법에 대해서 알고 있었는데 시내를 만나고 나서는 처음부터 새롭게 속삭이는 법에 대해 배우게 된 것 같았다. 하지만 오늘은 시끄럽게 구는 법에 대해 배워야 할 차례.

서둘러 침대에서 몸을 일으킨 뒤 준비를

했다. 시내와 수자를 만날 준비. 속삭이거나
시끄럽게 굴거나……. 어쨌든 그들과 함께
있는 일은 모아의 마음을 은근히 들뜨게
만들었다. 이를 닦고 세수를 하고. 시끄럽게
굴 사람답지 않게 차분한 무채색 외출복으로
갈아입었다. 모아는 서둘러 집에서 나와
공원을 가로지르는 최단 경로로 역에
도착했다. 열차를 기다리는데 저 멀리서
털레털레 시내가 걸어왔다.

"주눅 들어 보여요."

"주눅 들었어요."

"왜요?"

"뭘 하게 될지 무서워요."

"뭐가 그렇게 무서운데요?"

"내가 요란 떨어서 사람들이 눈살을
찌푸리는 거요. 문화 시민으로서 걸맞지 않은
행동을 하는 거요. 그냥 남들보다 조금 튀는

것도 싫어요."

"그럴 줄 알고 가져왔어요."

모아는 가방에서 마스크 두 장을 꺼냈다.
한 장은 시내에게 주고 나머지 한 장은 모아
자신이 착용했다. 그러자 시내가 고맙다며
모아와 똑같이 마스크를 끼고 스크린도어를
바라보았다.

"저 이것도 있는데."

"어 저도요."

그렇게 둘이 꺼내 든 건 다름 아닌
선글라스. 모양만 조금 다른 까만 선글라스를
똑같이 낀 두 사람은 스크린도어에 비친
서로를 바라보며 킬킬 웃었다.

"아주 수상해 보여요."

"딱 봐도 시끄럽게 굴 것 같네요."

모아와 시내는 그렇게 수상한 모습을
한 채로 지하철을 타고 샛강역에 도착했다.

그들은 1번 출구로 나와 자전거 대여소
앞에 서 있는 수자를 발견하고는 반갑게
손을 흔들었다. 수자는 어제와 마찬가지로
분홍색 바람막이를 입고 있었다. 마스크도
선글라스도 착용하지 않았다. 그럼에도
어쩐지 수자는 충분히 시끄럽게 굴 준비가 된
사람 같았다.

자전거 대여소에서 자전거를 빌린 셋은
한강변에 나 있는 자전거도로로 향했다.
모아와 시내는 어리둥절했지만 별다른 말은
하지 않았다. 자전거도로 근방에 도착한
뒤 수자는 짧게 준비운동을 했다. 모아는
어정쩡한 자세로 수자가 하는 준비운동을
따라 했고 시내는 그것마저 부끄러운지 따라
하지 않았다. 준비운동을 끝낸 수자가 말했다.

"자 이제 각자 핸드폰으로 좋아하는
음악을 틀어봐요."

"왜요?"

"자전거 타면서 들을 거예요."

"이어폰 끼고 자전거 타면 안 돼요."

"이어폰 안 낄 건데."

"에?"

"노래 크게 틀어놓고 신나게 라이딩!
얼마나 좋아?"

수자가 미리 선곡해 온 트로트 메들리를
모아와 시내에게 선보이며 말했다. 하지만
시내는 보는 척도 하지 않고 단호하게
대꾸했다.

"그건 민폐예요."

"민폐지."

"제가 평소에 노래 크게 틀고 자전거 타는
사람 얼마나 싫어하는데요."

"그래서 한 번도 해본 적 없는 거잖아요."

"당연하죠. 남한테 피해가 가잖아요."

"내 생각에 시끄럽게 굴 수 있는 일 중
이게 가장 온건한 편에 속하는 거예요. 지금
이거."

수자의 말에 시내가 조용해졌다. 모아도
곰곰 생각해보았다. 어떤 식으로 시끄럽게
굴어야 남한테 피해를 끼치지 않을 수
있을까. 그건 거의 불가능한 일에 가까운 것
같았다. 그러니까 수자의 말이 맞긴 맞았다.
그나마 덜 피해가 가는 방법이긴 했다.
결국 모아와 시내는 각자 플레이리스트를
만들기 시작했다. 그렇게 만들어진 스피커폰
플레이리스트.

"자 이제 노래 틀고 슬슬 갑니다. 나
따라와요."

수자의 주머니에서 신나는 트로트 음악이
광광 새어 나왔다. 이내 출발하는 수자.
시내는 조금 망설이다가 얼른 자전거를 타고

수자의 뒤를 따랐다. 시내의 주머니에서는
경쾌한 재즈가 흘러나왔다. 모아는 최신 여자
아이돌 50곡 메들리를 재생시킨 다음 시내의
뒤를 따랐다. 그렇게 장르도 제각각인 음악이
한데 얽혔다. 지나가는 사람들의 시선이
느껴졌다.

오랜만에 자전거를 타니 기분 전환이
되는 것도 같았다. 시원하게 바람을 가르며
지나가고 또 신나는 노래를 큰 소리로……
들을 수 있는 건 물론 좋았지만 역시 이래서는
안 됐다. 아무리 생각해도 남에게 폐를 끼치는
일이 분명했다.

누군가는 지속적으로 폐를 끼치고
누군가는 극도로 폐를 끼치지 않게
노력하고. 그건 어쩐지 좀 이상했다. 공평의
문제라기보다는 경계의 문제에 가까운
것 같았다. 어떤 사람이 아주 별일이라고

생각하는 무엇이 누군가에게는 그다지 별일이 아닐 수도 있는 것이다. 그러니까 문제라는 게 발생하는 거다. 세상 어디에서든 문제는 일어나기 마련이니까.

모아는 그런 생각을 하다가 문득 자신의 엄마를 떠올렸다. 사는 게 다 그게 그거다, 고만고만하게 사는 것이니 화낼 필요 없다, 하던 엄마. 오래전 아빠와 이혼한 엄마는 모아가 아빠의 도주 사실을 알렸을 때도 몹시 침착했다. 976만 원이 든 예금 통장 하나를 꺼내 모아에게 슬쩍 건네주었을 뿐이다. 모아는 통장에 찍힌 액수를 확인하자마자 화장대에 너저분하게 진열된 화장품 사이로 통장을 던져버렸다. 고작 아빠가 들고 튄 돈을 충당해준다고 해서 있었던 일이 없는 게 되는 건 아니라고. 고만고만한 사람들끼리 건드리지 않고 잘 살아볼 수는 없는 거냐고.

"다들 단단히 고장 난 거야."

모아는 그렇게 외쳤다. 음악을 큰 소리로
틀어놓은 채 자전거를 타니 무슨 말을 해도
들릴 리가 없어 좋았다. 다시 한번 더 크게
소리 질렀다.

"다들 고장 난 거야!"

"뭐라고요?"

앞에 가던 시내가 소리를 질렀다. 수자가
이즈음에서 그만 내리자며 수신호를 했다.
시내와 모아는 수자를 따라 자전거도로에서
빠져나와 자전거에서 내렸다. 그러자 벤치에
앉아 있던 젊은 여자 한 명이 쭈뼛거리며
그들에게 다가왔다.

"저기요."

"네?"

"소리가 너무 커요."

"아."

"시끄럽다고요."

여자의 날 선 목소리에 시내가 화들짝
놀라 음악을 끈 뒤 고개를 숙이며 사과했다.
마스크와 선글라스로 얼굴은 전부 가렸지만
귓바퀴가 빨개져 있었다. 모아는 어쩐지 지금
이 상황이 흥미롭게 느껴졌다. 시내는 어떤
기분일까? 만날 남에게 시끄럽다고만 하던
사람이었는데. 시내는 침착하게 선글라스와
마스크를 벗은 뒤 바람에 날려 엉망이 된
머리를 정리했다. 그리고 홍조 띤 얼굴로
모아에게 다가와 생전 처음으로 남에게
주의를 들어본 것 같다고 했다.

"혼나본 적도 없어요?"

모아가 묻자 시내는 곰곰 생각해보더니
고개를 저었다.

"알아서 남의 눈에 띄지 않으려
애썼거든요. 그런데 이런 말을 듣게 되다니.

뭔가 빌런이 된 기분이에요."

"좋은 거야, 싫은 거야?"

수자가 시큰둥한 얼굴로 묻자 시내가
어깨를 으쓱했다. 모아가 보기에는 충분히
좋아보였다.

❖

자전거를 반납하고 그들은 다시 샛강역
1번 출구 앞에 섰다. 수자가 환한 얼굴로
모아와 시내에게 어떠냐고 물었다. 모아는
우물쭈물하다가 부끄러웠다고 대답했고
시내 또한 다시는 못하겠다고 작은 목소리로
중얼거렸다. 그러자 수자가 혀를 찼다.

"잽을 받았으면 날릴 줄도 알아야지!"

수자의 말에 시내가 물었다.

"누구한테요?"

"세상한테!"

"그렇게 선량한 사람들이 피해를 입게
되는 거예요. 수자 씨가 말하는 세상은 실체가
없는데 피해를 입는 사람들은 실체가 있단
말이에요."

"시내 씨 말대로라면 피해를 입는 사람은
모두가 선량한가?"

날카롭게 뱉은 수자의 한마디에 시내가
입을 다물었다. 모아는 구태여 그들을
중재하지 않았다. 그들은 성향이 너무도
다른 사람이었고 애초에 그런 다른 성향의
사람을 끌어들이고 싶어 한 이도 시내였기
때문이었다. 그러니까 피치 못할 일이었을
뿐이다. 시내는 한숨을 푹 내쉬더니 한 수
물러났다.

"다음은 뭐예요?"

"버스킹."

"버스킹?"

"아 난 진짜 못해."

이번에는 모아와 시내가 강력하게 반발했다. 그러자 수자가 등에 메고 있던 가방을 앞으로 돌려 뒤적이더니 탬버린과 캐스터네츠를 꺼냈다. 그러더니 모아와 시내에게 가까이 다가와 손바닥을 세워 입가에 붙였다. 수자의 속삭일 준비에 모아와 시내도 어쩔 수 없이 머리를 맞댔다.

"사람들이 그냥 나를 알아줬으면 좋겠어. 어떤 식으로든."

"그게 버스킹하고 관련이 있어요?"

"어쨌든 오카리나를 불 거야."

"혼자 불면 되잖아요."

"혼자는 힘들어."

"왜요?"

"떨리거든."

    명동 거리 한복판에서 피켓을 멘 채
예수천국 불신지옥을 외쳐대는 사람이
떨린다고? 모아와 시내는 황당하다는
표정으로 수자를 바라봤다. 수자는 그것과
그것이 분명히 다르다고 했다. 예수 사랑을
외치는 일에는 분명한 믿음이 있는데
오카리나를 부는 일에는 그것만 한 믿음이
존재하지 않는다고. 오카리나를 부는 일은
나를 믿는 일에 더 가깝다고. 시내가 고개를
끄덕이며 말했다.

    "저도 제가 저를 더 믿는 사람이 되었으면
좋겠긴 해요."

    모아도 고개를 끄덕였다. 그러자 수자가
모아에게는 캐스터네츠를, 시내에게는
탬버린을 쥐여주며 말했다.

    "한번 해보는 거야, 우리."

    "에?"

모아가 캐스터네츠를 어정쩡하게 들고
서서 수자를 바라보았다. 그런 말이 아닌 것
같았는데 어쩌다 보니 그런 말이 되어버렸다.
수자는 한강 공원에서 적당한 자리를
찾아보자며 모아와 시내를 앞질러 휘적휘적
걸어갔다. 시내는 가만 서 있더니 잠자코
수자를 따라갔다. 모아는 시내에게 붙어
걸어가며 물었다.

　"진짜 할 거예요?"

　"뭐, 해야죠."

　"진짜?"

　"진짜."

　"왜요? 설마 마음이 동했어요?"

　시내는 침묵했다. 정말 마음이 동한 것
같았다.

　"도대체 어떤 부분에서?"

　"나도 몰라요."

"하."

한참을 돌아다닌 끝에 수자는 정말 적당한 공간을 찾아냈다. 흙이 동그랗게 깔린 꽤나 넓은 공터. 커다란 나무들이 그 공터를 둘러싸고 있었다. 사람은 신기할 만큼 아무도 없었고 그들은 그 공터 한가운데 서 있었다.

"이게 버스킹이에요?"

"수줍은 사람들 맞춤 버스킹."

수자가 그렇게 말하며 환하게 웃었다. 그리고 바람막이 주머니에서 베이지색 오카리나를 꺼내 들었다. 크고 작은 구멍이 여러 개 뚫려 있어 아름다운 조각물 같기도 했다. 수자는 그 조각물을 두 손으로 부드럽게 움켜쥐었다. 그렇게 움켜쥔 상태로 모아와 시내를 빤히 바라보더니 숨을 후후 내쉬며 말했다.

"어우 떨려."

"수자 씨도 떨려요?"

"원래 아주 많은 사람 앞에서 오카리나를 불고 싶었거든."

"명동에서 불면 안 돼요?"

"그거랑은 다르지."

수자는 그렇게 말하고 다시 호흡을 가다듬고 오카리나 주둥이를 입에 갖다 댔다. 이윽고 나는 맑은 소리. 음들이 부드럽게 이어졌다. 모아와 시내는 한동안 오카리나를 연주하는 아름다운 수자를 바라보다가 겨우 정신을 차렸다. 그제야 둘은 찰찰찰, 탁탁탁, 최대한 소리에 맞춰 악기를 다루려고 했지만 이내 오카리나의 선율에 압도되어 그럴 수 없었다.

저 멀리서 킥보드를 탄 어린이 두 명이 커다란 나무 사이로 들어와 공터에 진입했다. 아이들이 저들끼리 웃어댔다.

깔깔 웃는 소리는 오카리나 소리와 아주 잘 어울리는구나. 모아는 그런 생각을 하며 불이 번쩍번쩍 들어오는 킥보드 바퀴를 주시했다. 어린이 두 명은 수자 앞에 서서 한참이나 오카리나 연주를 들었다.

수자는 손가락으로 구멍을 완전히 막을 줄 아는 사람이었다. 입으로 들어오고 나가는 공기를 완벽히 조절해 맑은 소리를 낼 줄 아는 사람이었다. 모아는 문득 그런 수자가 자랑스러웠다. 분명 어린이들은 알 수 없는 음악에 이끌려 이곳까지 오게 된 것일 테고 그렇게 사람을 끌어들인 수자는 충분히 자랑스러운 사람이었다. 시내가 탬버린을 찰찰거리며 모아에게 다가와 말했다.

"굉장하네요."

"사람을 완전히 홀려놓는데요."

"멋진 수자 씨."

"진짜 멋진 수자 씨."

연주를 마친 수자가 처음과 같이 숨을
잠시 고르고 어린이들을 빤히 바라보았다.
어린이들도 수자를 바라보고 있었다.
수자가 오카리나를 어린이들 중 한 명에게
건네주었다.

"해볼래?"

오카리나를 건네받은 어린이가 주둥이에
코를 박고 냄새를 맡더니 인상을 찌푸리며
친구에게 주었다. 그러자 친구도 냄새를
맡더니 눈썹을 찡긋거렸다. 그리고 그중 더
싹퉁머리 없게 생긴 어린이가 말했다.

"아 미친 침 냄새 나."

들고 있던 오카리나를 던지듯 수자에게
건네준 어린이들은 킥보드를 타고 다시 나무
사이로 사라져버렸다. 나무 사이로 사라지는
번쩍번쩍 빛나는 바퀴들. 그렇게 작은 수모를

겪은 수자는 얼굴이 새빨개졌고 모아와
시내는 그런 수자가 조금 안타까웠다.

❖

시내와 수자. 아주 다른 성향이지만
이상하게 서로의 삶을 궁금해하는 사람들.
시내는 오늘따라 유독 헤어지기가 아쉬웠는지
자기 집에 3년 묵은 매실청이 있다며
그것으로 차를 내어줄 테니 마시고 가라고
했다. 그렇게 그들은 택시를 타고 시내의
집으로 향했다. 시내의 집은 엘리베이터가
없는 낡은 복도식 아파트 3층이었다. 모아의
집과는 걸어서 10분도 채 걸리지 않는
곳이었다.

집에 도착해 시내는 쌓인 택배들을 불
꺼진 방 안으로 황급히 밀어 넣고 모아와

수자를 소파에 앉혔다. 그리고 잠시 뒤
부엌에서 따뜻한 차 세 잔을 가져왔는데
매실 냄새가 아주 좋았다. 모아가 한 모금
홀짝 마신 뒤 새콤한 맛이 너무 좋다고
말하자 시내가 청을 담그고 나서도
매일매일 불순물을 걷어내는 일을 오랫동안
반복했다고, 아마 그래서 맛이 더 좋아진 것
같다고 했다. 모아가 놀라며 물었다.

"매일매일 쉽지 않았겠는데요."

"하지만 맑고 깨끗한 청을 만들기 위해선
그래야만 해요. 저는 그 일념만으로 3년 동안
같은 일을 반복해왔어요."

가만히 듣고 있던 수자가 말했다.

"그건 뭐랄까…… 좀 힘들 것 같은데요."

"맞아요. 사실 저는 제 삶을 통제하지
못하고 있다고 느낄 때 견딜 수 없어요."

"그럼 지금은요?"

"견딜 수 없어요. 아들이 가버렸어요.
남편한테요."

"성인인가 봐요."

"막 성인이 됐어요. 아들은 저한테
정신적인 문제가 있다고 생각해요."

"시내 씨는 그렇게 생각하세요?"

"전혀요."

모아는 단호하게 대답하는 시내를 보며
아주 큰 슬픔이 몰려오는 걸 느꼈다. 사실
시내를 처음 만난 순간부터 지금까지 시내의
정신이 멀쩡하다고 생각해본 적은 단 한
번도 없었기 때문이었다. 그럼에도 모아가
시내와의 만남을 지속했던 건 시내의 마음이
좋았고 모아 또한 병들어 있었고 더불어 지금
이 세상에 어디 하나 병들지 않은 사람을
찾기가 더 어려울 거라는 생각 때문이었다.

자신의 아픔을 부정하는 사람만큼 아픈

사람이 없다는 걸 모아는 아주 잘 알고
있었다. 그제야 모아는 시내와 수자, 자신
모두 마음 깊숙이 어디 한 군데가 단단히
틀어진 사람이라는 걸 깨달았다. 그래서
그렇게 서로를 감지했던 것일지도 모른다.
한참 동안 흐른 정적에 시내는 어색한
듯 자리에서 일어났다. 집 앞 슈퍼에서
과일이라도 조금 사 오겠다고 했다. 모아와
수자가 손사래를 치며 괜찮다고 했는데도
불구하고 기어이 시내는 지갑을 들고
나가버렸다. 그렇게 모아와 수자 둘만이
시내의 집에 남겨졌다. 거실 형광등이
부산스럽게 깜빡이기 시작했다.

"갈 때가 됐나 봐요."

"지금 가자고요?"

"아니, 아니, 형광등."

모아가 형광등을 가리켰다. 그러자 수자가

그렇네, 하며 물끄러미 형광등을 바라보았다.
그러다 모아에게 물었다.

"시내 씨 아무래도 안 좋아 보이지?"

"조금요."

"나는?"

"네?"

모아가 살짝 당황해서 수자를
쳐다보았는데 수자도 자신을 그대로 가리키며
모아를 빤히 바라보고 있었다. 셋 중에
심지가 가장 단단해 보이는 사람은 물론
수자였다. 그리고 세 받으며 산다고 했으니
경제적으로도 나무랄 데 없고. 그런데…….

"아무래도 고성방가를 하시니까……."

"얼마나 간절하면 그러겠어."

"간절하다고 누가 그렇게 믿음을
강요해요. 지금 이 상황에서 누구보다 누가 더
낫다고 얘기해주기를 바라는 거예요?"

모아가 날 선 목소리로 되받아쳤다. 그러자 수자도 화가 난 나머지 자리에서 벌떡 일어섰다. 그때 현관에서 작고 분명한 노크 소리가 들렸다. 모아도 수자도 얼음이 되어 현관문을 쳐다보았고 형광등도 빠르게 깜빡거리기 시작했다. 둘은 누가 먼저 얘기하지도 않았는데 숨을 죽이고 아무 소리도 내지 않으려 노력했다.

하지만 노크는 계속해서 이어졌고 그제야 모아는 양손 한 아름 무언가를 사 들고 온 시내가 문을 열 손이 없어 노크를 하는 것일 수도 있겠다고 생각했다. 모아는 자리에서 일어나 현관으로 향했다. 누구세요, 물었는데 대답을 하지 않았다. 그래서 다시 한 번 물었는데 무언가 웅얼거리는 소리가 들리는 것 같기도 했다. 결국 심호흡을 몇 번 한 뒤 누구시냐고요, 하며 힘차게 문을 열었다.

문 앞에는 시내가 아닌 젊은 여자가 후드를 뒤집어쓴 채 우뚝 서 있었다. 손가락 마디마다 포스트잇을 가득 붙인 채로. 모아는 복도 끝 쪽을 바라보았지만 시내는 올 기미가 없었다. 모아가 무슨 말을 하려는 찰나, 여자는 거칠게 포스트잇을 구겨 모아에게 던진 뒤 준비해 온 공책을 들어 거기 적힌 말을 빠르게 읽어냈다.

　　"아줌마, 나는 혼자 살고요. 뮤지션도 아니에요. 무직이지. 강아지도 없고 앵무새도 없어요. 청소기랑 빨래는 오전 10시부터 12시 사이에만 돌려요. 실내화 맨날 신고 다니고 뛰어다니지도 않아요. 실내 운동은 안 하고요. 음악은 평소에 잘 듣지도 않는데 가끔 들으면 이어폰 껴요. 여기 포스트잇에 적어주신 시간대에 저는 보통 침대에 있어요. 그냥 누워 있다고요. 음식도 잘 안 해요. 배달시켜

먹어요. 제가 뭘 그렇게 시끄럽게 했단 건지
이해가 안 가요. 몇 번이나 문자로 전화로
메일로 말씀드렸잖아요. 그리고 제 메일은
어떻게 알아내신 거예요?"

속사포처럼 쏟아낸 여자의 말에 모아가
아무 말도 못하고 있을 무렵 복도 끝 쪽 불이
환하게 켜졌다. 이윽고 시내가 양손에 종량제
봉투를 들고 이쪽으로 걸어왔다. 여자는
뒤늦게 시내를 발견하고 눈살을 찌푸렸다.
시내 또한 문 앞에 있는 여자를 발견하고 우뚝
섰다.

❖

시내와 여자 사이에는 스파크가 튀고
있었다. 모아와 수자는 불꽃을 직접 보지는
못했지만 느낌으로 분명 알 수 있었다. 큰

싸움으로 번지기 전에 수자가 둘 사이를 중재하고 나섰다. 지금으로써는 긴급 대책 회의가 필요하다는 명목이었다. 웬 긴급 대책 회의? 모아가 수자를 쳐다보자 수자는 얼른 시내의 어깨를 감싸 안고 실내로 데리고 갔다. 모아도 조금 망설여지긴 했지만 여자를 꼭 내 집처럼 시내의 집 현관으로 안내했다.

거실에 옹기종기 모인 그들은 누구도 쉽사리 침묵을 깨지 못했다. 집 안에는 알 수 없는 냉기가 흘렀고 몹시 고요해서 수전에 고인 물이 떨어지는 소리마저 들렸다. 그 순간 시내가 고개를 치켜들더니 한숨을 푹 쉬면서 물었다.

"들었어요?"

"뭘요?"

모아가 어리둥절한 목소리로 묻자 시내가 검지를 바로 세워 위층을 가리키며 또박또박

말했다.

"기포들이 연달아 터지는 소리 같은 거요. 또, 또. 들려요? 누가 한숨도 쉬었어요. 발을 작게 쿵쿵 구르기도 하고 꾸룩꾸룩 미어캣 같은 소리도 내잖아요."

고개를 약간 기울인 채 소음에 집중하는 시내의 모습은 매우 진지했다. 그래서 덩달아 모아와 수자도 고개를 기울여 위층의 소음에 집중해보았다. 하지만 웬걸. 아무 소리도 들리지 않았다. 모아와 눈이 마주친 수자는 고개를 살짝 가로저었다. 안 들리긴 마찬가지인 것 같았다. 그러자 여자가 이때다 싶어 모아와 수자에게 억울함을 토로했다.

"진짜 미치고 환장할 노릇이라니까요? 저는 집에서 아무것도 한 게 없는데 자꾸 조용히 해달라고 한단 말이에요. 심지어 지금 집에 아무도 없어요. 아무도 없는데 누가

소리를 내요."

"혹시 유령이라도……."

"그런 건 없어."

수자가 단칼에 모아의 말을 잘랐다.
모아는 다른 사람도 아니고 수자가 유령의
존재를 부정하는 게 얄궂게 느껴져서
항변하고 싶었지만 꾹 참았다. 확실한 건
수자는 시내와 이 여자 사이의 문제를
진심으로 해결해주고 싶어 한다는 것이었다.

"시내 씨가 예민한 편인 건 맞아."

"그렇죠?"

"그래도 다 같이 맞춰 살아야 하지
않겠어? 그럼 한번 테스트를 해보면 어때요?"

"테스트요?"

잠시 자기편을 들어주는 줄 알았던
여자는 테스트라는 말에 화들짝 놀랐다.
수자의 요지는 이랬다. 모아와 수자가 직접

가서 소음 테스트를 진행해보면 어떤 소음에 시내가 민감해하는지 확실히 알 테고 그러면 앞으로 서로서로 맞춰가며 살 수 있지 않겠냐는 것이었다. 시내는 수자의 말이 어느 정도 합리적이라고 생각했는지 고개를 끄덕였고 여자는 말 그대로 사색이 되었다. 모아는 그런 여자의 무릎에 조심스럽게 손을 올리며 물었다.

"괜찮아요? 그런데 그쪽은 이름이 뭐예요?"

"이두리요."

"두리 씨는 소음 테스트하기 싫어요?"

"집이 엉망이라……."

"내 집도 엉망이에요."

모아의 대답에 두리가 안절부절못하자 시내가 불통한 표정은 그대로 유지한 채 조용히 일렀다. 하기 어려운 말은 속삭이면

된다고. 그럼 조금은 나아진다고. 그런데도
두리는 입을 떼지 못했고 수자가 먼저
속닥속닥 말문을 텄다.

"나는 3일에 한번 설거지를 해."

그러자 두리도 작게 속삭였다.

"사실 제가 저장강박증이 있어서."

"저는 첫 생리 파티 때 받은 용돈 봉투도 서랍
맨 밑에 있어요."

모아의 말에 두리가 처음으로 조금
웃었다. 모아는 조금 더 오버해서 떠들었다.
생리를 하는데 용돈을 주더라니까요? 요즘도
그런가. 그러자 수자가 나 때는 천을 꿰매서
생리대를 만들었는데……로 시작하는 일장
연설을 쏟아냈고 시내는 그런 수자의 말을
중간에 끊으며 두리를 똑바로 쳐다보았다.

"당신 집이 어떻든 우린 상관 안 해요.
어차피 내 집하고 똑같은 구조일 거고 그

똑같은 구조의 집에 무엇이 들어차 있든
우리가 왜 뭐라고 하겠어요? 정말 딱
테스트만 하고 나올게요."

그러자 두리가 시내를 향해 깊은 한숨을
내쉬었다. 그러더니 알겠다고 정말 테스트만
하고 나오는 거라며 자리에서 일어났다.
수자가 모아에게 같이 일어나라며 손짓했다.

"나랑 시내 씨는 여기 있을게. 모아 씨가
두리 씨랑 올라가서 이런저런 소음을 내봐.
그럼 우리가 전화를 걸어서 어떤 소음이
났는지 알려줄게."

"수자 씨 정말 똑 부러지네요."

"나는 해결할 수 있는 문제를 해결하는
데에는 일가견이 있다니까."

"해결할 수 없는 문제는요?"

"그게 아주 돌아버리게 하지. 그래서 맨날
예수 믿으라고 외치잖아."

담담하게 말하는 수자에게서 깊은 진심이 느껴졌다. 세상 대부분의 것은 해결할 수 없는 문제로만 구성되어 있으니까. 모아 또한 그 마음을 알 것 같았다. 어떤 때에는 한 치 앞도 보이지 않는 어느 바다 한가운데에 덩그러니 남겨진 느낌이 들기도 했다. 어쩌면 수자 씨는 자처해서 바다 한가운데로 뛰어드는 것이 아닐까. 보이지 않는 무언가를 붙잡기 위해서. 다만 그곳이 한낮의 명동역일 뿐. 모아는 그렇게 생각하며 속으로 슬며시 킬킬거렸다.

두리는 모아보다 앞서 아파트 계단을 올라가며 한숨을 푹푹 쉬었고 모아는 그런 두리에게 쉽사리 말을 걸 수 없었다. 아무래도 전혀 준비가 되지 않은 상태로 낯선 사람을 집 안에 들이는 게 껄끄럽겠지. 그렇게 생각하니 괜스레 미안해지기까지 했다. 문 앞에 선 두리는 작게 심호흡을 한 뒤 모아에게 말했다.

"아무도 여기 온 적 없어요."

"가족도요?"

"가족은 절대 안 되죠."

"그럼 제가 첫 손님이에요?"

"맞아요. 절대 소문내고 다니면 안 돼요."

"그럼요. 도대체 제가 어디에……."

모아의 말이 끝나기도 전에 두리가
열쇠를 돌려 현관문을 열었다. 아직도
열쇠를 지니고 다니는 사람이 있다니. 모아는
그것으로도 충분히 놀라웠다. 집 안 광경을
봤을 때는 오히려 침착해졌다. 이 사람 많이
안 좋구나, 그런 생각이 들어서.

❖

모아의 8평 남짓한 원룸도 딱 이
모양이었던 적이 있었다. 온갖 물건과

쓰레기가 발 디딜 곳 없이 빼곡하게 차 있던
시절. 그 시절 모아는 아르바이트와 학과
생활을 병행하는 데 온 힘을 쏟고 있었다.
학비에 생활비까지 충당해야 했던 모아는
무리해서 새벽까지 서빙 일을 했고 돌아오면
여지없이 과제 수행에 매진했다.

그때는 정말이지 방 안에 가득 찬
쓰레기가 전혀 보이지 않았다. 그러니까
물리적으로 보이지 않았다는 말이 아니라
신경이 전혀 쓰이지 않았다는 말이다.
대충 먹다 남긴 음식은 옆에다 치워놓으면
그만이었고 바닥에 놓인 물건은 요리조리
피해 가면 그만이었다. 그것이 문제라는
생각은 하지 못했다.

캄캄한 두리의 집은 온갖 잡동사니로
빼곡했고 부엌에서는 형용할 수 없는 악취가
났다. 아무렇게나 묶어 던져놓은 배달 음식

봉투가 곳곳에 쌓여 있었다. 모아는 불을
켜려고 했지만 두리가 제지했다. 모아는
고개를 끄덕인 다음 소음 테스트를 할 적당한
바닥을 찾았지만 도무지 빈 바닥을 찾을 수
없었다. 결국 어지럽게 쌓인 택배 박스를
몇 개 치워 소음을 일으킬 만한 빈 공간을
만들어냈다.

"해볼까요?"

모아가 묻자 긴장한 표정의 두리가
고개를 끄덕였다. 모아는 발을 천천히
굴러보았다. 크게 다섯 번. 그렇게 울림이 큰
바닥은 아닌 듯했다. 수자에게 전화를 걸어
방금 낸 소리에 대해서 묻자 아무 소리도
못 들었다며 시내도 별다른 반응을 보이지
않았다고 했다. 그렇게 소음 테스트는 몇
차례에 걸쳐 이어졌다.

전자레인지 여닫기 여섯 번. 벽 때리기

네 번. 발꿈치로 바닥 내리찍기 일곱 번. 큰

목소리로 전화 통화 1분여가량. 화장실에서

깔깔 웃기 10초 이내. 모아와 두리는

화장실에서 배를 잡고 억지로 깔깔 웃으면서

이게 뭐 하는 짓이지, 지금 하고 있는 게 맞는

건가, 그런 생각을 했고 곧바로 어색한 침묵이

이어졌다. 침묵을 깨트린 쪽은 두리였다.

　"고마워요."

　"뭐가요?"

　"아무 말도 안 해줘서요."

　"뭐 그게 큰일이라고."

　"손가락질할 일이잖아요."

　"저도 손가락질 받을 일 많이 해요. 다들

할걸요? 말 안 해서 그렇지."

　이내 수자에게서 전화가 왔다. 아무

소리도 안 들린다고 했다. 시내도 내내 잠자코

있었다며. 정말 이렇게 방음 잘되는 집은 또

처음 보네. 모아는 속으로 생각했다. 전화를 끊고 어떻게 해야 할지 몰라 화장실에 멀뚱히 서 있는데 두리가 물었다.

"어떡하죠?"

"뭐가요?"

"제 문제가 아니면 시내 씨가 문제라는 거잖아요."

"그렇죠."

"그럼 어떡하죠."

도대체 어쩌자는 건지. 모아는 그런 생각이 들었지만 두리의 표정은 몹시 진지했다. 모아는 곰곰 생각하다가 조심스레 두리에게 물었다.

"수자 씨랑 시내 씨를 한번 여기로 데려와볼까요?"

"헉, 그건……."

"시내 씨의 문제가 아닐 수도 있으니까요."

고민하던 두리는 결국 고개를 끄덕였고 얼마 지나지 않아 수자와 시내가 문을 두드렸다. 두리가 문을 열자마자 수자는 손으로 코를 쥐어 싼 뒤 인상을 잔뜩 찌푸렸다. 주위를 둘러보며 어머어머, 이게 무슨 일이야. 두리 씨, 왜 이래요? 왜 이러고 살아요? 고나리질을 시작했고 두리는 안절부절못하며 최대한 수자와 멀어지기 위해 애썼다.

"한창 젊은 사람이 말이야. 이렇게 넓은 집 그 나이에 혼자 살면 나 같으면 반짝반짝 윤을 내고 살겠어. 사람이 살림을 하고 관리를 하고 자기 경영을 하면서 살아야 반듯하게 살 수 있는 거야. 그러지 않고서는 막 나간다고. 이렇게 말이야. 내가 두리 씨 안타까워서 그러는 거야."

"수자 씨, 두리 씨도 사정이 있겠죠."

"사정? 사정이 어디 있어. 집이 이렇게 된 마당에. 그런 거 누가 알아주기나 해?"

묵묵히 수자의 잔소리를 듣고 있던 두리가 입을 열었다.

"알아달라고 안 했어요."

"응?"

"알아달라고 안 했고 그러니까 혼자 이러고 사는 거라고요. 내가 무슨 사정인들 아무도 궁금해하지 않는 거 충분히 알고 있으니까 그만해요. 아주머니도 듣자 하니까 예수쟁이 같던데 저는 적어도 다른 사람한테 폐는 안 끼치거든요? 그리고 그런 모양새로 예수 믿으라고 외치면 누가 예수를 믿어요?"

말 한마디 지지 않던 수자가 조용해졌다. 순간 시내가 양손으로 귀를 막으며 말했다.

"시끄러워요."

"우리가요?"

"아니요. 저기서 이상한 소리가 들려요."

시내가 가리키는 쪽은 쓰레기 더미가 가득한 현관이었다. 모아는 당장 그쪽으로 달려가 가득 쌓인 쓰레기를 치우고 바닥을 둘러봤지만 쥐나 바퀴벌레 같은 것은 보이지 않았다. 모아가 아무것도 없다는 뜻으로 어깨를 으쓱하자 시내가 가까이 다가왔다. 그리고 이내 모아가 헤집은 쓰레기 더미 쪽으로 귀를 가까이 댔다.

"여기서 나요."

시내의 말에 두리가 질겁을 했다.

"엑? 무슨 소리가요?"

"뭔가가 끓다가 곧 터질 것 같은 소리가 나요. 작게 터지기도 하고요. 여기서는 꾸륵꾸륵 미어캣 소리가 들리고 저기서는 자꾸 작은 뭔가가 발 구르는 소리가 나요."

이쪽저쪽 소음이 나는 곳을 가리키는

시내의 표정은 매우 진지하고 단호해 보였다. 모아와 수자와 두리는 어리둥절했다. 아무 소리도 안 들리는데…… 냄새는 나도. 하지만 차마 시내에게 그런 말을 할 수는 없었고 수자는 한숨을 내쉬며 두리에게 말했다.

"내가 미안해요. 오지랖이 넓어서. 자꾸 세상일에 참견하고 싶고 괜히 말 한마디 던지고 싶고 그러더라고. 나도 병이야 병."

"괜찮아요."

"근데 어떡하지? 소음 문제 해결하려면 방법은 하나뿐인데. 이거 다 치우는 거. 어째?"

퉁명스레 말하며 주위를 훑는 수자의 눈이 반짝였다. 모아는 속으로 저 오지랖은 중증이다 생각하면서도 두리의 집을 치울 수만 있다면 정말 좋을 것 같았다. 모아가 그 더러운 8평짜리 원룸을 치울 수 있게 된 것도 우연히 놀러온 친구 덕분이었다. 그 친구는

모아가 아르바이트를 갔다 온 사이 아무 말도
하지 않고 묵묵히 모아의 방을 치워주었다.
두리는 잠시 가만히 주변을 둘러보다가 짐짓
차가운 목소리로 말했다.

"제가 알아서 할게요."

그러자 시내가 응수했다.

"시끄럽다니까요."

"무슨 쓰레기가 시끄러워요."

"나도 모르겠어요. 근데 여기서 소리가
들려요. 그게 날 미치게 한다고요."

결국 궁지에 몰린 두리는 잠시 허공을
바라보더니 한숨을 쉬며 눈을 감았다. 그리고
유일하게 깨끗한 자리인 소파에 걸터앉아 꽤
오랫동안 침묵을 유지했다. 모아는 두리의
옆에 앉아 손을 모로 세웠다. 그리고 작게
속삭였다.

"여긴 다 이상한 사람들밖에 없어요."

"그런 것 같아요."

"그러니까 두리 씨가 이상해도 다 이상한 사람들만 있으니까 덜 이상해 보인다고요."

"다 들리는데."

바람막이 주머니에 양손을 꽂은 수자가 퉁명스럽게 말했다. 시내는 별로 상관없다는 듯 계속해서 소음의 진상을 찾아다니고 있었다. 결국 두리는 자리에서 일어나 괜히 널브러진 옷가지를 이리저리 들었다 놨다 해보이며 말했다.

"도대체 뭐부터 시작해야 할까요."

"그건 걱정 마요. 수자 씨가 알아서 할 거예요."

모아가 수자를 쳐다보자 수자가 위풍당당하게 외쳤다.

"모아 씨는 고무장갑하고 50리터 쓰레기봉투 한 묶음 사 와줘. 아니 두 묶음.

음식물 쓰레기봉투도. 두리 씨는 옷더미에서
입을 옷이랑 버릴 옷 좀 골라주고. 시내
씨는…… 내려가 있을래?"

"아니요. 저는 그럼 화장실 청소를
할게요. 어렸을 때부터 제가 화장실 청소
담당이었거든요."

그렇게 그들은 각자의 할 일을 하기 위해
서로의 위치로 흩어졌다. 수자는 제일 먼저
부엌에 가서 오래된 음식물들을 처리하기
시작했다. 제일 궂은일일 텐데. 모아는 그런
수자를 쓱 보고 얼른 근처에 있는 슈퍼로
달려갔다. 문득 하늘을 봤는데 유난히 달이
동그랗고 예뻐서 그것을 유심히 보면서
달렸다. 그러다 비록 크게 넘어질 뻔했지만 꽤
괜찮은 경험이었다고 생각했다.

❖

야심한 시각이었고 그들은 모든 에너지를 소진한 채 널브러졌다. 장장 네 시간에 걸친 청소가 끝났을 때 모두가 환호했고 누가 먼저랄 것도 없이 그 자리에 쓰러져 누웠다. 50리터 쓰레기봉투 총 열두 묶음이 나왔고 두리는 뜯지도 않은 택배 상자에서 운동화와 플리스, 요란한 무늬의 반팔 티셔츠를 얻기도 했다.

깨끗해진 두리의 집은 가구의 위치까지 시내의 집과 똑같았다. 심지어 텔레비전도 같은 모델이었다. 시내는 자리에 누워 한동안 천장을 바라보다가 눈을 감았다. 그리고 크게 숨을 들이마셨다 내쉬었다. 수자는 이미 반수면 상태에 빠진 것 같았다. 두리는 소파에 앉아 벽을 바라보다가 물었다.

"시내 씨, 지금은 어때요?"

"너무 고요해요."

"아무 소리도 안 들려요?"

"네. 이제 좀 살 것 같아요."

"왜 제 집을 치웠는데 시내 씨가 살 것
같아요?"

"모르겠어요."

"이 집 엄마가 물려주신 거예요."

"알아요."

"어떻게 알아요?"

"두리 씨 어머니 돌아가시기 전에 저랑 몇
번 다퉜거든요."

"왜요?"

"천장에 물이 새길래 찾아갔더니 자꾸
이 집 문제가 아니라고 발뺌을 하는 거예요.
그러면서 아랫집에 가보라는 거 있죠? 그래서
아니 물이 위에서 아래로 흐르지 아래에서

위로 흐르나요? 그랬더니 그럴 수도 있지
않느냐고 하데요."

"엄마가 좀 고집불통이었어요."

"그래도 나중에 미안하다고 사과하셨어요.
상추를 이만큼 가져와서 다 먹느라 혼났네요."

"주말농장을 하셨거든요."

어머니가 돌아가신 이후로 주말농장에
가본 적이 없다는 두리는 그 땅이 이제 어떻게
됐는지도 모르고 알고 싶지도 않다고 했다.
알고 싶지 않은 걸 알게 되는 기분은 정말
끔찍하다고. 모아는 그 말에 공감하면서도
때로는 그것이 정말이지 마음처럼 되지 않는
일이라는 것을 알고 있었다.

"근데 제 어머니가 돌아가신지는 또
어떻게 알았어요?"

"다 알죠."

"어떻게?"

"이웃이잖아요."

수자는 언제 깼는지 자리에서 일어나 맥주 한잔하고 싶다고 했다. 결국 그들은 테이블 앞에 옹기종기 모여 앉아 맥주 한 캔씩을 깠다. 안주는 대왕 포스틱에 마요네즈. 모아는 두리에게 속삭이는 모임에 대해 설명하면서 시내를 만나게 된 일과 예수천국 불신지옥을 외치던 수자를 끌어들이게 된 일에 대해 차례로 설명해주었다.

두리는 이야기를 듣는 내내 몹시 재밌어하며 손바닥까지 쳤다. 그러더니 자기도 속삭이는 모임의 회원이 되고 싶다며 손바닥을 세우고 속삭일 준비를 했다. 그러자 모아와 수자 그리고 시내는 고개를 테이블 안쪽으로 숙이며 새겨들을 준비를 했다.

"저는⋯⋯."

잠시 망설이던 두리가 호흡을 가다듬고

다시 속삭였다.

"1년 만에 처음으로 사람하고 이야기를 했어요. 그리고……."

다시 한숨 쉬는 두리. 이윽고 또 입을 열었다.

"그게 여러분이라 다행이에요."

모아는 가슴 한구석이 뜨거워지는 느낌을 받았는데 그건 정확히 어떤 기분인지 설명할 수 없는 이상야릇한 것이었다. 그리고 자신도 이제 정말 하고 싶은 말을 이들에게 할 수 있겠다는 확신이 들었다. 그래서 고개를 숙이고 두리가 했던 것처럼 똑같이 속삭였다.

"아빠가 도망갔는데 저는 여전히 아빠를 사랑하고 있어요."

"연락도 안 돼요?"

"안 돼요."

"이런."

"저런."

"1000만 원도 훔쳐갔어요."

"에이 시팔."

포스틱을 집어 먹던 수자가 대뜸 큰
소리로 욕을 했다. 그러더니 이래서 천륜이니
뭐니 다 소용 없다고 믿을 수 없는 것들이
너무 많다고 의지할 건 하나뿐이라며 제발
예수를 믿으라고 했다. 자신도 형제들한테
재산 상당 부분을 갈취당한 후에야 그것을
깨달았다고. 시내가 조용히 수자를 타일렀다.

"예수 얘기 금지. 속삭이세요."

"나도 어디 하나 믿을 구석이 필요했다고요.
시내 씨, 제 맘 알죠?"

"알죠. 저는 아들 하나 보고 살았는데요.
그런데 지금은 아닌 것 같아요."

"그럼요?"

"이대로도 즐거운 것 같아요."

"왜요? 이 모임 때문에?"

기대 어린 수자의 질문에 맥주만 홀짝이던 시내는 짧은 침묵 뒤에 속삭임을 이어나갔다.

"처음에는 제가 예민하다고 생각했어요. 그런데 생각하면 생각할수록 이렇게 세상이 시끄러운 건 뭔가 세상 자체에 단단히 문제가 있는 게 아닌가, 그런 생각이 들었어요. 억울하기도 했죠. 어쩌면 제가 그 문제를 해결할 수도 있을 거라는 생각이 들었어요. 저 같은 예민한 사람이요. 물론 그럴 수 없었고요. 그런데 오늘 두리 씨 집에서 나는 소음을 해결하고 나니 뭔가 그건 세상의 문제라기보다는……."

시내는 끝내 말을 잇지 못했다. 모아는 비록 시내가 끝까지 하지 않았지만 어떤 말을 하고 싶었는지 알 것만 같았다. 우리의 문제. 그것은 우리가 포함된 문제였던

것이다. 당연히 알고 있다고 생각했던 것들이
종종 생소하고 어색하게 느껴질 때도 있는
법이다. 모아는 이 밤이 아주 길어졌으면
좋겠다고 생각했다. 아주 긴긴 밤이 되어서
그들이 각자의 한스러운 삶을 식탁 앞에
전부 내어놓고 갔으면 좋겠다고. 사실 모아는
그들에게 속삭이기 전까지 아빠를 여전히
사랑하고 있다고 고백하게 될 줄은 꿈에도
몰랐다. 그것은 너무나도 바보 같은 일이었고
이해가 가지 않는 일이었지만…… 그런 일도
사실은 있는 것이다.

　"무슨 일이든 알아차리기 마련이죠."

　그들에게 그렇게 속삭인 모아는 맥주
한 캔을 더 꺼냈다. 동이 트고 있었다.
오늘이야말로 낮이 오는 줄 모르고 밤이 오는
줄 모르게 살았다. 정말 사는 것 같다. 모아는
그렇게 살아 있음을 감각하며 속삭이는 일은

정말로 사람을 살리는 것일 수도 있겠다고
생각했다. 어쩌면 시내는 자신이 살기 위해
혹은 누군가를 살리기 위해 이 모임을
만들었을 수도 있는 것이다.

작가의 말

    다양한 삶에 관해 이야기를 하고
싶은데 그게 잘 안 될 때가 많습니다. 저는
생전 나로밖에 살아보지 못하여 어쩔 수
없이 내 생각만 하게 될 때가 대부분이기
때문입니다. 하지만 그래도 늘 시도해보는
이유는 제가 언젠가는 기필코 나로 사는
삶에서 벗어나고 싶기 때문입니다. 내가 되는
동시에 네가 되기도 하고 완전히 우리가
되기도 하며 때로는 전혀 다른 남이 되어보는
삶을 살아보고 싶습니다. 오늘 낮에 길가를

산책하는 작은 치와와 두 마리를 보고
치와와로 사는 삶에 대해 생각해보았습니다.
그런 생각을 많이 하는 사람이 되고 싶은데
요즘 자꾸 마음의 여유가 없습니다. 다양한
이유가 있겠지만 변명은 하고 싶지 않습니다.

저는 정말 미워 죽겠는데 사랑할
수밖에 없는 존재들에 관심이 많습니다.
그런 존재는 자신이 겉도는 존재라는 걸
너무도 잘 알고 있으니까요. 그런 이들에
대해 생각하면 마음이 한없이 약해집니다.
그래서 그런 존재에 관한 이야기를 하고
싶습니다. 이 말은 사실 모두에 대한 이야기를
하고 싶다는 말이기도 합니다. 그러지 않은
사람이 어디 있을까요. 저 또한 누군가에게
미움받고 이따금 사랑받으며 살아가는
존재이니까요. 그래서인가 썩고 고인 것에
대한 관심도 큰 듯합니다. 그것에서부터

피어오르는 무언가가 분명히 있다고 확신하기 때문입니다. 하지만 이따금 마음에 관한 이야기를 하면서도 제 마음을 혹은 타인의 마음을 전혀 돌보지 않기도 합니다. 그러니까 이것은 들여다볼수록 모르는 마음에 대한 이야기입니다.

모아와 시내, 수자와 두리의 이야기는 속삭이는 모임을 결성하고 싶다는 다짐에서부터 만들어졌습니다. 이렇게 시끄러운 세상에 속닥거리는 사람들이 어떤 힘을 가질 수 있을까, 그런 생각이 들었거든요. 속삭이기 위해서는 상대의 귓가에 다가가야 하고 그 상대는 주의를 기울여야 합니다. 어쩌면 저는 그 몸짓에 대한 이야기를 제일 하고 싶었던 것도 같습니다. 다가갈 수밖에 없고 주의를 기울일 수밖에 없는 상황에서 전파되는 내밀한 속삭임에

대하여.

속삭임에는 어떠한 힘이 있다고
생각합니다. 무엇이든 진실이라고 믿어버리게
되는 마음가짐과 나른한 두려움, 미약한
고마움 같은 것들. 그래서 속삭이는 몸짓을
자꾸 긍정하게 됩니다. 물론 나쁜 말이나 남에
대한 험담 또한 전파될 수 있다는 걸 알고
있지만요.

우리는 모두 슬픈 삶을 살고 있습니다.
슬픈 삶 속 때때로 느껴지는 행복감에
젖어 살고 있다고 생각합니다. 그 안에서
서로의 내밀한 것들을 속삭이고 조금 마음이
편해지면 좋겠습니다.

목소리를 낮추고 의미심장한 이야기를
할 준비가 되면 무언가 마음이 으쓱해지지
않나요? 저는 그런데요. 그래서 이 소설
속 모든 인물이 때로는 아무 의미 없는

말이더라도 의미심장한 척 이야기를 해주기를
바랐습니다. 어떤 말은 의미 없음에 비로소
의미를 가지기도 하니까요.

2025년 2월

예소연

예소연 작가 인터뷰

Q. 소란한 세상을 살다 보니 속삭임이 주는 안락하고 국소적인 느낌이 너무 그리워져요. '소란'과 '속삭임'은 극과 극에 있지만 대개의 보색 관계가 그렇듯 낮은음이 있어야 높은음이 있고, 아침이 있어야 밤이 있고, 정이 있어야 반이 설 자리를 찾을 수 있는 것 같습니다. 그런 맥락에서 큰 의미가 없는 질문일 수도 있지만, 소란과 속삭임 중에 어떤 단어를 먼저 떠올리셨는지 궁금합니다. 저는 조용해서 시끄럽고 싶다고 생각해본 적은 딱히 없고, 보통 '시끄럽다'가 먼저 인식되면 조용한 공간이나 시간이 필요해지는 편이거든요.

A. 원래 속삭이는 행위를 좋아하는데요.
의미 없는 말이 오가더라도 속닥거리면
뭔가 중요한 대화를 나누고 있는 것처럼
느껴져서요. 그래서 이번 소설에선 속삭이는
사람에 대한 이야기를 쓰기로 마음먹었어요.
그러자니 속삭이려면 두 사람이 필요하고
두 사람만 속삭이기에는 또 아쉬우니까 세
사람이 나오고 어쩌다 보니 네 사람이나
등장하고야 말았네요. 너무 국소적인
행위이다 보니 한 가지 이야기를 전파하기
위해서 여러 사람이 필요하다는 걸 쓰면서
깨달았지요. 그래서 속삭이는 일이 더
좋아졌어요. 또 인물들이 속삭이기만 하니까
그래도 어디 가서 소리도 지르고 좀 시끄럽게
굴 수도 있는 것 아닌가! 하는 생각도
들었고요. 그렇게 이야기가 제가 가지고
있던 나름의 전개를 마구잡이로 이탈하기

시작했는데 그 점이 이 소설을 쓰면서 가장

재미있었던 지점이에요.

Q. '시내'가 만든 속삭이는 모임에 합류하게 된 '모아'는 모임의 제1규칙 "비밀을 속삭이진 않으나 그것이 마치 큰 비밀이라도 되는 양 속삭여야"(16쪽) 한다는 것을 듣게 됩니다. "아무도 없는 드넓은 공원에서 서로에게 비밀이 아닌 것들을 속삭"이고 있자니, 둘의 이야기가 "아주 중요하고 소중해진 것만 같은 그런 기분"(18쪽)을 맛보고요.

속삭이는 행위는 은밀하고 수상쩍어서 '비밀'과 떼려야 뗄 수 없어 보이는데, '비밀을 속삭이지 않는다'라는 장치를 심어놓으니 어딘지 더 생소하고 특별하게 느껴지는 것 같아요. 이러한 설정이 들어간 이유가 있을까요? '비밀을 말하지 않는다' '예수 이야기 금지' 말고 또 다른 규칙을 만들어본다면 어떤 게 좋을까요?

A. 저도 여러 비밀을 가지고 있는데요. 그 비밀들은 제게 아주 대단한 것이긴 하지만 이따금 생각해보면 사사롭기 짝이 없어요. 그런 의미에서 비밀은 참······ 여러 모양을 가진 것 같아요. 사실 조금만 의미심장하게 이야기하면 누군가는 비밀이 아닌 것을 비밀이라고 여길 수도 있어요. 또 누군가의 무심한 이야기가 다른 누군가에게 중요한 비밀이었을 수도 있고요. 저도 낯선 이에게 아무렇지 않게 나의 비밀을 털어놓았던 적이 있거든요. 그 사람은 제가 너무도 가볍게 그 비밀을 이야기했기 때문에 가벼운 마음으로 흘려듣고 저는 나름대로 그 비밀을 흘려보낼 수 있었죠. 때때로 그런 순간이 우리에게 주어지는 것 같아요. 저는 규칙을 통해 진솔해질 수 있는 상황을 만들어보고 싶었고요. 이런 맥락에서 또 다른 규칙을

만든다면, 상대방이 아무리 이상한 말을
해도 얼굴에 물음표 띄우지 않기? 뭐 그런 게
좋겠네요!

Q. '속삭이는 모임'은 새로운 일원을 찾기 위해 인산인해를 이루는 명동역 4번 출구로 향합니다. 그곳에서 예수천국 불신지옥을 외치는 '수자'를 만나게 되어요. '수자'는 대표적인 소란스러운 캐릭터지요. 사실 '시내'처럼 삶의 고단과 아픔이 겉으로 드러나는 사람은 알아채기가 쉬워요. 그러나 '수자'처럼 부러 "시끄럽게 구는 훈련도 하자"(35쪽)고 하는 사람, 속에서 이는 천불을 혼자서 진화할 줄 아는 사람의 아픔은 쉽게 알기도 어렵고, 섣불리 개입하기도 힘들죠. 〈사랑과 결함〉의 '순정'도 '수자'와 비슷하게 어딘가 약간은 억척스럽고, 오지랖이 넓고, 떠들썩한 척하지만 내면에 공허를 가진 인물이었습니다. 이런 인물들에 애정을 품고 계신 듯해요. 어떠신가요? 가장 마음이 쓰였던 인물이 있다면요?

A. 겉으로는 저밖에 모르는 것 같아도 속은 참 여리고 사람 없으면 못 사는 사람이 꼭 있잖아요. 그들을 보면 항상 미워할 수가 없더라고요. 그 마음을 이상하게 잘 알 것 같아서요. 우리는 통상 마음을 다정하게 쓰면 다정한 마음이 돌아올 거라고 여기는 편인데…… 생각보다 그렇게 마음 쓰는 게 잘 안 되는 사람이 있어요. 저는 그런 사람들의 어찌할 수 없음에 마음이 가요. '수자' 같은 사람은 제가 가장 사랑하고 싶은 사람이자 가까이하기 어려운 인물이기도 해요. 그 사람을 좋아함으로써 제가 감수해야 할 게 너무도 많을 것 같거든요. 그럼에도 좋아할 수밖에 없다면 그건 정말 어쩔 수 없는 노릇이겠죠. 가장 마음이 쓰였던 인물도 단연 '수자'입니다.

Q. '시내'의 집에 초대받은 '모아'와
'수자'는 '시내'의 생활을 엿보게 되어요.
그러면서 삶의 민낯이 조금씩 드러나고요.
자신한테 정신적 문제를 운운하는 아들이
있다는 '시내'를 향해 그렇게 생각하느냐
되묻는 '모아'에게 '시내'는 "전혀요"라고
말합니다. 그리고 '모아'는 "단호하게
대답하는 시내를 보며 아주 큰 슬픔이
몰려오는 걸 느꼈다. 사실 시내를 처음
만난 순간부터 지금까지 시내의 정신이
멀쩡하다고 생각해본 적은 단 한 번도 없었기
때문이었다"(59쪽)고 생각하죠. 그럼에도
'모아'가 이 모임을 따라온 건 아마도 알고
있어서인 것 같아요. 그들 모두 서로가 서로의
아픔을 알아채주길 바라고 있다는 사실을.
속삭여지지 않는 행간으로부터 감추고픈
비밀이 자연스럽게 밝혀지길 바라고 있다는

것을.

작가님은 어느 쪽에 가까우신가요? 어떤 고민이나 사안을 직접적으로 고백하는 편이신지, 아니면 둘러둘러 말을 태우며 알아차려지길 바라는 편이신지 여쭤보아요.

A. 다들 너무 힘든 세상인 것 같아요. 각자 나름의 방식으로 고통 받고 있죠. 그러다 보니 오히려 먼저 제가 가진 슬픔에 대해 이야기하기 힘들더라고요. 그래도 요즘에는 말하려고 노력해요. 아니면 제 슬픔이 영영 잊힐 것 같아서, 그게 두려워서 말하려고 애씁니다.

　저도 누군가가 반대로 제게 나름의 슬픔에 대해 이야기해주기를 기다리고 있어요. 저는 내밀한 관계를 좋아합니다. 서로에게 슬픔을 털어놓는 관계를 언제나 바라는 편이에요. 내 안에 나도 모르게 끓고 있는 감정에 대해서 꺼내놓게 되면 그것이 어떤 실체를 가지고 있다고 믿게 되는 편인데요. 그러한 과정을 좋아합니다. 제가 가진 슬픔에 실체가 있다는 생각을 하면 참 다행이구나 싶거든요.

Q. 늦은 밤 '시내'의 집 문을 두드린 사람은 다름 아닌, 은둔형 외톨이로 쓰레기집에 사는 '두리'입니다. 그리고 그들은 일면식도 없던 '두리'의 쓰레기집을 다 같이 청소함으로써 숙제를 푼 듯한 해방감을 느껴요. 우리는 종종 혼자서는 엄두도 못 내던 일이 누군가와는 꽤 수월하게 풀리는 경험을 하게 되는데, 이럴 때면 사람과 사람의 연대가 무엇보다 중요하지 않나 싶어집니다. 그것은 '모아'가 "그들에게 속삭이기 전까지 아빠를 여전히 사랑하고 있다고 고백하게 될 줄은 꿈에도 몰랐"(91쪽)던 것처럼, 계획에 없던 사실을 드러내기도 하고요!

작가님에게 '연대'란 어떤 의미인가요? 사람은 무엇으로 '살아 있음'을 감각한다고 생각하시나요?

A. 어떤 매듭은 느슨하게 묶인 것
같지만 쉬이 끊어지지 않죠. 저는 그런
관계를 이상적이라고 생각하는 편인데요.
또 다른 한편으로는 자기 자신을 스스로
의연하게 내세울 줄 알아야 상대방을 잘
보고 이해할 수 있다고 믿어요. 물론 제게도
어려운 부분이기는 하지만요. 그래서 저는
무수히 이어진 관계라는 매듭 속에서 유연한
자세로 타인과 나의 거리를 조절하고 매듭을
잘 지어내는 것. 그게 아주 중요하다고
생각합니다. 물론 매듭을 지었으면 푸는 것
또한 중요할 테고요. 잘 묶고 잘 풀어내는
것. 제게 주어진 가장 큰 골칫거리입니다. 또
'살아 있음'에 대해서 묻는다면⋯⋯ 엉뚱한
대답을 할 수밖에 없을 것 같은데요. 저는
지금 '살아 있음'보다는 '죽어 있음'의 상태에
더 관심이 많아요. 산 사람은 어떻게 죽은

사람의 '죽어 있음'을 이해하고 자신의 세계에 잘 버무려낼 수 있을까? 내가 평생 그 사람을 기억한다면 그 사람은 늘 호명되는 존재로 남게 되는 걸까? 그건 우리에게 어떤 의미를 가질까? 그런 생각을 주로 합니다. 아직까지 제대로 된 결론을 내리지는 못했지만 '살아 있음'과 '죽어 있음'은 그 자체로 거대한 관계망을 형성하고 있는 것 같습니다.

Q. 실제로 속삭이는 모임이 있다면
참여할 의향이 있으신가요?

A. 낯선 사람이 제안을 해온다면
받아들일 것 같아요. 저는 낯선 사람과 내밀한
이야기하는 걸 좋아하거든요. 하지만 돈을
내야 한다면 안 할 것 같아요!

한 조각의 문학, 위픽 ⓦⓔⓕⓘⓒ

위픽은 위즈덤하우스의 단편소설 시리즈입니다.
'단 한 편의 이야기'를 깊게 호흡하는
특별한 경험을 선사합니다.

이 작은 조각이 당신의 세계를 넓혀줄
새로운 한 조각이 되기를.
작은 조각 하나하나가 모여
당신의 이야기가 되기를.

당신의 가슴에 깊이 새겨질
한 조각의 문학, 위픽

위픽 뉴스레터 구독하기
인스타그램 @wefic_book

- 81

소란한 속삭임

초판 1쇄 발행 2025년 2월 26일
초판 3쇄 발행 2025년 5월 14일

지은이 예소연
펴낸이 최순영

출판2 본부장 박태근
스토리 팀장 김소연
편집 곽선희 김다인 김해지
디자인 홍세연 이세호

펴낸곳 ㈜위즈덤하우스   **출판등록** 2000년 5월 23일 제13-1071호
주소 서울특별시 마포구 양화로 19 합정오피스빌딩 17층
전화 02) 2179-5600   **홈페이지** www.wisdomhouse.co.kr

ⓒ 예소연, 2025

ISBN 979-11-7171-731-6 04810
      979-11-6812-700-5 (세트)

값 13,000원

소란한 속삭임

KB193007

wefic